W9-CYF-031

WITHDRAWN

CARROUSEL

MINI-ROMAN

Dominique et compagnie

COLLECTION
CONÇUE ET DIRIGÉE
PAR YVON BROCHU

*À Marie,
ma grande sœur*

CHAPITRE 1
Du jamais vu

Une boîte aux lettres, c'est comme un bas de Noël. Moi, j'ai toujours hâte de voir ce qui se cache au fond.

Ce matin encore, je cours pieds nus vers la porte d'entrée. Je l'entrouvre, je passe le bras. Et ma main plonge dans l'attirante boîte aux lettres.

Les yeux fermés, je fouille. J'en sors une feuille de papier pliée en trois. Une feuille toute brillante, de la couleur

d'une pomme verte croquante.
Je n'ai jamais vu ça de ma vie...

– Cricri! Cricri! Viens ici tout
de suite!

En trois sauts de kangourou,
ma petite sœur Christine est
tout près de moi.

– Regarde ce que j'ai trouvé.
Je l'ouvre?

– Oui, Lili, oui.

Cricri prend son air sérieux
pour m'écouter. Elle ne sait pas
encore lire. Elle est seulement
en maternelle.

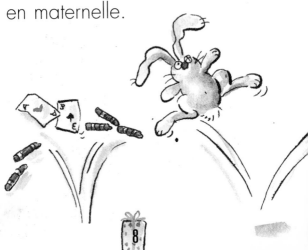

Je déplie la feuille lentement. En lettres jaune citron, le magasin *Les mille et une merveilles* annonce sa formidable fête du printemps.

Les mille et une merveilles, c'est le plus grand magasin du monde. Un seul bâtiment, mais gros comme un centre commercial. On y trouve tout, tout, tout! Au milieu, il y a une fontaine. Immense! On fait un souhait et on lance un sou dedans. J'ai aussi mon coin préféré: celui

9

des jeux vidéo. On peut y jouer des heures, sans payer!

Plus je lis la feuille pomme verte, plus j'ai envie d'y aller. Je jette un coup d'œil à ma sœur. Son regard brille.

D'un signe de tête, nous fonçons vers la cuisine. Cricri et moi, on se comprend sans se parler.

– Maman! Papa!

Nous freinons net sur le tapis. À un cheveu des carreaux orangés. Il ne faut surtout pas avancer. Quand papa lave le plancher avec son éponge

géante, même
une mouche
n'a pas le droit
de s'y poser.

– Que se
passe-t-il? de-
mande maman,
perchée sur le comptoir.

D'une armoire, elle sort une
pile d'assiettes et donne un
coup de torchon sur la tablette.
Papa et maman font le mé-
nage de la cuisine. Le grand
ménage du printemps.

– On a reçu une invitation,
dit ma sœur, tout excitée.

– Pour la fête du printemps!
j'ajoute.

– Chez une de vos copines?
s'informe papa qui frotte une

tache de moutarde.

– Non, au magasin *Les mille et une merveilles*. C'est écrit ici.

Je montre à mes parents ma belle feuille verte.

– Une fête avec plein de ballons. Des jeux. Un concours aussi. Le grand prix, c'est une auto, une auto neuve.

– Et puis, dit Cricri, il y a une petite ferme. Avec beaucoup d'animaux. De vrais animaux de la campagne.

– Aujourd'hui, on peut même

12

gagner des surprises aux jeux vidéo. Nous deux, on veut aller au magasin des merveilles!

Maman dépose son torchon et nous lance:

– Cette fête, c'est encore une façon de nous obliger à dépenser, dépenser.

– Non, maman! Au contraire. Tout coûte vraiment moins cher. Et pas seulement les jouets. Tout! Dans tous les rayons.

Mon père se relève. Il laisse tomber son éponge dans le seau.

– Les filles, nous sommes trop fatigués pour sortir. Nous avons eu une dure semaine.

Papa se frotte les genoux et maman se masse le cou.

Tout à coup, je pense à la seule façon d'obtenir le oui de mes parents. Vite, je murmure quelques mots à l'oreille de Cricri. Ma sœur grimace. Je lui fais des gros yeux. Cricri soupire. Mais elle comprend.

Cricri suggère donc, d'une petite voix:

– Maman d'amour, papa chéri... si on vous aidait pour le ménage?

CHAPITRE 2
Au son des trompettes

La cuisine sent le propre. J'ai même lavé les carreaux des fenêtres.

– Les filles, dit maman d'un ton joyeux, il reste juste assez de temps pour aller à votre magasin des merveilles.

– En voiture! nous invite papa en s'étirant.

À la course, nous attrapons nos blousons et nous voilà dehors.

On a gagné! Cricri et moi,

 on est les meilleures.

Entre deux bâillements, maman s'installe au volant et nous partons. Papa regarde ma feuille pomme verte. Il doit avoir hâte lui aussi d'être arrivé.

La voiture file sur le boulevard.

Enfin, nous nous garons devant le magasin. Des gens en sortent, des paquets plein les bras. Mais nous, Cricri et Lili, nous entrons.

Je marche devant. Ma sœur allonge le pas pour me suivre. Nous nous dirigeons vers le rayon des jouets... vers les jeux vidéo.

Papa et maman se tiennent tout près de nous. Ils se font offrir des ballons bleus et rouge cerise.

Pressées, nous ne regardons même pas les décorations, ni la fontaine aux souhaits. Papa et maman, eux, reçoivent des chapeaux de fête pointus. Avec des tulipes sur le dessus.

Cricri et moi apercevons les chèvres de la petite ferme. Mais nous n'avons pas le temps de les caresser. Papa et maman ralentissent devant l'auto gris souris. L'auto du tirage. Je crois qu'ils la trouvent très belle.

Nous leur demandons de nous rejoindre au rayon des jouets. Puis nous trottinons jusqu'au bout du magasin. Là où sont les poupées mâcheuses-de-gomme. Nous tournons le coin... Hourra! La place est libre! Coincée entre le mur et des boîtes vides, la console de jeux vidéo fonctionne.

– Je commence! s'exclame Cricri.

– D'accord! je dis à ma petite sœur. Mais on fait équipe. Aujourd'hui, c'est spécial: on doit répondre à des questions sur la nature. Avec cinquante bonnes réponses, on peut aller chercher notre surprise du magasin.

– On va réussir, hein, Lili?

– Oui, ma Cricri. Tu le sais, nous deux, on n'a peur de rien.

– Et surtout pas d'un jeu vidéo facile-facile!

Au son d'une trompette, la première question apparaît:

Quel arbre donne le sirop d'érable ?

Cricri se concentre. Je me concentre. On se consulte.

L'érable

Les mots BONNE RÉPONSE clignotent.

C'est un départ! Plus rien ne peut nous

arrêter. Nous irons jusqu'au bout. Nous allons la gagner, cette surprise!

Les trompettes sonnent. Les questions défilent. Nos points s'accumulent.

Plus le jeu avance, plus il devient compliqué. J'ai chaud. J'ai froid. Ma gorge est sèche. Mes yeux piquent. Mes oreilles bourdonnent. Nous approchons du but. Épaule contre épaule, nous tapons la dernière réponse.

— YAHOU! crions-nous d'une même voix. Cinquante sur

cinquante! On a réussi. À nous la surpriiiiise!

Nous sautons de joie. Nous sommes les championnes. Nous tournons comme des toupies. Nous sommes les...

Oh oh!

Mais qu'est-ce qui se passe?

Dans le magasin des merveilles, il n'y a plus de lumière. Plus de bruit. Il fait noir. Comme en pleine nuit.

CHAPITRE 3
Main dans la main

D'un pas de côté, je me rapproche de ma sœur. Cricri glisse sa main dans la mienne. À deux, on dirait qu'il fait moins noir.

Vite, je regarde ma montre lumineuse. Oh! qu'il est TARD! Nous avons joué très long-temps. Trop longtemps. À cette heure-ci, tous les maga-sins sont fermés. Toutes leurs lumières aussi.

Ce n'est pas possible que

papa et maman soient partis
sans nous…

— Pourquoi on ne voit rien?
demande Cricri.

Je ne sais pas quoi répondre.
Cricri va avoir peur si elle
apprend que nous sommes
seules dans ce magasin géant.
Elle va trembler. Puis elle se met-
tra à pleurer. Sans arrêt. Et je ne
réussirai jamais à la consoler.

Je finis par lui dire:

— Peut-être que c'est un jeu.
Pour la fête du printemps.

— Le jeu de la cachette?

— C'est ça!

— Et papa? Et maman? Où
ils sont?

Je ne le sais pas. Mais je ne
peux le dire à Cricri.

– Sûrement pas loin. Les vois-tu?

– NON! On ne voit RIEN.

– C'est vrai. Mais ne t'énerve surtout pas, Cricri. Euh... Maman et papa doivent jouer à la cachette, eux aussi. Ou bien ils nous attendent au rayon des montres. Ils nous répètent toujours d'y aller si on ne les trouve plus.

– C'est où, les montres?

– Par là!

Je montre du doigt un coin très sombre.

24

– Quand on aura trouvé papa et maman, on ira chercher notre surprise du jeu vidéo, hein, Lili?

– Oui, Cricri.

– Nous deux, on n'a pas peur d'avancer dans le noir, hein, Lili?

– Non, Cricri.

Enfin rassurée, ma petite sœur ne pose pas d'autre question. Ouf...

– Viens, Cricri.

25

Nous nous enfonçons dans une allée. On dirait un tunnel. Très long et très, très sombre. Je tiens la main de Cricri. Elle est toute chaude.

Je commence à voir mieux. Un peu mieux. Mes yeux s'habituent au noir. Je distingue maintenant des formes. Des grosses, des grandes. Des formes bizarres, étranges.

Mais je n'ai pas peur. Non, pas du tout. Pas une toute petite miette! Pfff... Moi, je le connais par cœur, le rayon des jouets. Je reconnais le baril de singes.

Les billes fluo. Les perles à en-
filer. Le camion de pompier.
Le fusil à eau. Les l… Oh! J'ai
une idée!

Je m'avance vers une tablette.
J'y choisis un paquet. Je défais
l'emballage.

– Prends ça, Cricri.

En prenant l'objet, elle presse
un bouton qui se trouve dessus.
Un éclair jaillit dans le noir.
Droit dans mes yeux.

– Une lampe de poche!
Wow, Lili! Avec une tête de
zèbre, en plus…

– Moi,
je prends
celle-là: avec
la tête de
girafe.

27

– Oh! je la veux!

– D'accord, on échange.

J'allume ma lampe de poche.

– Hé, Lili! Il faut les payer, les lampes de poche.

– Les payer? Euh...

Mais à qui les payer? Et avec quoi?

Cricri fouille déjà dans sa poche. Elle me tend la main et dit:

– Tiens, compte.

Je découvre au creux de sa main trois pièces de dix cents et quatre sous noirs. À mon tour, j'enfouis ma main dans ma poche. Celle de mon blouson: une pièce de vingt-cinq cents et onze sous noirs.

– Cricri, on n'a pas assez d'argent pour payer les lampes de poche.

– On pourrait faire comme papa, alors. On pourrait les louer, hein, Lili?

– Ah! oui, oui, bonne idée! Quand on loue, ça coûte moins cher.

Je dépose sur la tablette nos deux piles de monnaie. Bien en vue.

– Regarde! lance Cricri qui dirige sa lampe vers le fond de l'allée, ça irait plus vite avec ça pour retrouver papa et maman.

Le rayon lumineux fait briller un vélo orange feu. Un dix-huit vitesses avec bouteille d'eau et fanion de sécurité.

– Le fantastique vélo du catalogue, que je murmure dans un soupir.

– On le loue, lui aussi, hein, Lili?

– Mais on n'a plus d'argent.

– Pas grave, on va payer plus tard. Papa dit toujours ça.

Nous nous consultons du regard une petite seconde. Puis nous nous élançons dans l'allée, guidées par nos lampes zèbre et girafe.

30

CHAPITRE 4
Roule, stoppe, roule

Arrivées au rayon des vélos, nous découvrons une très jolie petite voiture à pédales. D'un seul bond, Cricri s'installe derrière le volant. Elle sourit, toute fière de son auto bleu ciel d'été.

Je fixe les lampes de poche avec du ruban adhésif. Un bout de ruban sur le guidon de mon vélo. Un autre bout sur le capot de l'auto. Deux petits bouts, ça ne se voit pas dans un gros rouleau.

31

– Je suis prête à partir, annonce Cricri.

Elle presse le klaxon poire de sa voiture. Pouêt-pouêt! Elle avance vers une nouvelle allée.

Je suis contente. Ma petite sœur s'amuse. Elle n'a pas peur du noir autour de nous. Moi, j'ai hâte d'arriver au rayon des montres. Pour revoir papa et maman.

J'enfourche mon vélo. La selle est trop haute. Mais en étiiiiirant mes jambes, je réussis à pédaler.

32

L'expédition commence. Nos précieuses lampes de poche éclairent la route. Ma sœur roule devant. Elle conduit comme une championne.

Moi, je fais des zigzags. C'est très difficile de pédaler sur la pointe des pieds. Mais je ne tombe pas une seule fois.

En chemin, nous traversons un nouveau rayon. Je dis à Cricri de s'arrêter.

Le rayon des lampes! Je cours les allumer. Cricri me suit.

33

Lampe sur pied, de bureau, de chambre de bébé... Nous les allumons toutes.

Essoufflée, ma sœur me dit:

– Au moins, ici, on voit clair. On a des idées brillantes, hein, Lili?

Je ne réponds pas. Les yeux plissés, j'admire le spectacle.

– Regarde les lampes, Cricri. Et ferme un peu tes yeux... Tu vois? Les ampoules se transforment en étoiles. On se croirait dans un pays magique.

J'entends alors un carillon d'horloge.

– Le rayon des montres! Il n'est pas loin.

Je file vers mon vélo. Cricri saute dans son auto. Je pars la première. Au passage, j'allume une longue rangée de téléviseurs. Les écrans envoient toutes sortes d'images. De toutes sortes de couleurs. C'est drôle!

Au détour d'une allée, je freine net devant un comptoir. Ma lampe de poche fait reluire les vitres de dizaines de montres.

Ma sœur s'arrête à côté de moi.

– Nous sommes arrivées, Cricri.

– Où sont papa et maman?

– De l'autre côté sûrement. Viens, Cricri!

En trente secondes, nous faisons le tour du comptoir des horloges, des réveils et des montres.

Personne…

J'avale ma salive avec difficulté. D'un air inquiet, Cricri tortille une de ses longues mèches brunes. Moi, je tire sur ma couette blonde.

– On dirait qu'ils ne sont…

– Pas là! termine ma sœur d'une voix faible.

Du coup, nous nous mettons à hurler:

– MAMAN! PAPAAAAAA! YOUHOUOUOUOU!

Nos voix résonnent dans l'immense magasin aux milliers de rayons.

Puis c'est le silence.

– Pourquoi ils ne répondent pas? demande Cricri.

Encore une fois, je ne connais pas la réponse. Mais ma petite sœur ne doit pas le savoir.

Sinon, elle va trembler, crier. Et pleurer.

Je lui dis:

— Peut-être que... qu'il y a un prix pour la meilleure cachette. Tu sais, papa et maman, eux aussi, ils aiment les concours.

— Mais moi, leur jeu, je ne le trouve pas drôle. Je ne veux plus qu'ils s'amusent, bon!

J'invente une autre réponse:

— Peut-être aussi... qu'ils se sont perdus en se cachant. Loin, très loin dans le magasin. Ils n'ont pas de lampe de poche, eux.

— Non, c'est certain. Ils ne sont pas débrouillards comme nous, hein, Lili? ajoute ma sœur avec un large sourire.

Ouf! Cricri sourit. Elle est moins inquiète.

J'ajoute:

– Ils doivent attendre que la lumière revienne. Blottis l'un contre l'autre, au fond d'un tout petit coin.

– Peut-être même qu'ils ont peur dans le noir, hein, Lili?

Et nous pouffons de rire.

Je ris, mais je n'en ai pas vraiment envie. Pourquoi papa et maman ne sont-ils pas là? Ils sont partis sans nous? Ils nous ont oubliées? Ou même... abandonnées? Non! Ce n'est pas possible. Pas papa et maman.

– Lili... J'ai faim. Énormément! Et toi?

– Moi aussi, Cricri.

– Je pourrais dévorer quatre assiettes de macaronis avec trente-cinq boulettes de viande.

– On ne trouve pas ça ici.

– C'est vrai. Moi, je n'ai vu que des tablettes de chocolat. Est-ce qu'on pourrait les...

– Non, Cricri. On ne peut pas les louer.

Nous poussons un long soupir.

– Mais, Cricri, il y a une vache à la petite ferme! On pourrait boire son lait. Grimpe dans ton auto. Direction: les joyeux animaux du magasin des merveilles!

CHAPITRE 5
Pareil, pas pareil

Là ferme est silencieuse. Des veilleuses éclairent les petites maisons des animaux.

— J'ai l'impression qu'ils dorment, chuchote Cricri.

Elle essaie de voir par-dessus la clôture de planches.

— On va marcher sur la pointe des pieds, Cricri.

J'ouvre doucement la porte de bois. Elle grince. Nous entrons.

Le sol est couvert de foin

séché. Je prends une grande respiration. Hmmm... ça sent la campagne.

– Lili, Lili, viens voir! s'exclame Cricri. Les petits cochons, ils ont vraiment la queue en tire-bouchon.

Je me retourne. Ma sœur est assise par terre, un cochonnet dans les bras.

– Amuse-toi si tu veux. Mais moi, je cherche la vache.

J'aperçois une famille de cane-tons. Plus loin, des poussins

trottinent dans tous les sens. Un agneau bêle. Une chèvre lui répond.

Une poule me picore le bout des souliers. Hi! Hi! Hi! ça chatouille!

— Ta vache, elle ne donnera jamais de lait, lance Cricri dans mon dos.

Vivement, je me redresse.

— Pourquoi?

— Parce que ce n'est pas une vache!

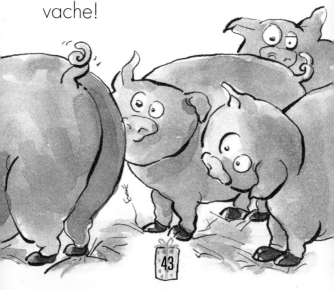

À grands pas, je me dirige vers le gros animal. La vache, blanche avec des taches noires, mâche du foin.

— Tu vas me dire que c'est un tigre de Sibérie, peut-être?

— Non. C'est un veau. Et un veau ne donnera jamais de lait.

— Où as-tu appris ça?

— À la maternelle! déclare Cricri d'un air triomphant.

— Je... je le... je le savais. Oui-oui.

Cricri reprend aussitôt son sourire de petite sœur pour me demander:

— Qu'est-ce qu'on mange maintenant, hein, Lili?

— Du foin, Cricri!

CHAPITRE 6
Le trésor de la fontaine

Je pédale lentement dans les allées. Ma lampe de poche m'aide à me diriger. Ici, il fait très sombre. Comme au fond de mon placard.

Cricri est derrière moi. Elle ne roule pas vite avec sa petite auto. Elle est fatiguée. Mais je l'encourage à continuer. Car je sais où aller pour trouver à manger.

Enfin, nous l'apercevons. La

fontaine aux souhaits! Éclairée en rose bonbon, l'eau jaillit vers le plafond. Avec de gros bouillons.

Cricri descend de son auto, puis s'approche du bassin d'eau. Elle me dit, étonnée:

— Tu crois vraiment que la fontaine va nous donner à manger si on fait un souhait?

— Mais non! Regarde dans le fond de l'eau. C'est rempli de pièces de monnaie!

Ma sœur se penche sur le bord du bassin.

— Wow! Je vois même un gros dollar doré.

– Allons au rayon des sports maintenant.

Je m'assois à côté de ma sœur dans son auto. Nous pédalons si vite que les roues sifflent. Au milieu d'une allée, nous freinons brusquement.

Le voilà! Un splendide canot de piscine vert grenouille. Nous l'attachons à l'arrière de l'auto. Nous visitons aussi le rayon cuisine et accessoires. Puis nous repartons.

À nous le trésor de la fontaine!

Arrivées au bassin, nous poussons le canot par-dessus bord. Plouf! Dans l'eau...

– Ouf! Il flotte,

 que je murmure, contente de moi.

— Tiens bien la corde du canot, Lili. Et attends-moi. J'ai presque fini de mettre mon gilet de sauvetage… Je suis prête!

Avant de grimper dans le canot, Cricri me remet un parapluie rouge framboise, identique au sien.

— Avec ça, on n'aura pas une seule goutte d'eau sur la tête. Moi aussi, j'ai de fameuses idées, hein, Lili?

— Oui, Cricri. Nous deux, on est les sœurs les plus géniales, pas vrai?

Je lui fais un
gros clin d'œil
et j'embarque
à mon tour.
Oooooooh!
ça bouge, un
canot. Heureu-
sement qu'il n'y
a pas trop de vagues.

— Prends mon parapluie un instant. Je vais ramer.

Le canot tourne treize fois sur lui-même avant que je comprenne comment me servir des rames. Enfin, nous voguons bien droit dans le bassin.

— Arrête-toi ici, ordonne Cricri. Je vois briller quelque chose.

Cricri s'empare de la pince à spaghettis. Elle la plonge dans l'eau, puis en sort un beau dollar.

– Youpie! Vive la fontaine aux souhaits! Vive le magasin des merveilles!

Ravie, je continue à ramer. Et Cricri, à pêcher. Nous nous rendons même sous la fontaine.

L'eau tombe avec fracas sur mon parapluie. Ça me rappelle

le très gros orage de l'été
dernier. J'avais couru avec
papa sous son parapluie.

—On va plus loin! crie ma sœur.

Je recommence à ramer.
Bientôt, le fond du canot est
garni de gros sous. Nous déci-
dons donc de quitter la fontaine.

Joyeuses, nous enjambons le
rebord du bassin.

—Près de la porte d'entrée, il
y a des machines distributrices.

On va se préparer tout un festin, ma Cricri.

Je secoue la poche de mon blouson pour faire sonner notre trésor.

– Le CANOT! hurle Cricri. Il se sauve!

D'un bond, je m'élance. Je me mets à plat ventre sur le bord. J'étire mes bras. Le plusssss possible.

– Je l'ai, Cricri! Viens m'aider.

Ma sœur m'attrape par les pieds.

Blup-Blup-Blup. La fontaine crache un énorme bouillon

d'eau. Une grosse vague arrive vers moi. Et elle emporte le canot.

Mes bras battent l'air. Je... je... tombe.

SPLASH!

Cricri me tire par les jambes. Dès que j'ai la tête hors de l'eau, j'entends:

– Une chance que tu avais mis ton gilet de sauvetage, hein, Lili?

Je m'assois sur le bord en reniflant. Mes cheveux trempés dégoulinent sur mes épaules. J'en ai assez, moi, de ce magasin! Des larmes coulent sur mes joues. Mais ça ne se voit pas, parce que je suis déjà toute mouillée.

– Lili, ne bouge pas! Je vais te chercher un gros chandail. Sinon, tu vas attraper le rhume.

Cricri saute dans son auto. Un coup de klaxon poire, et elle disparaît.

J'essuie mes larmes. Ma petite sœur, elle est vraiment courageuse. Circuler toute seule dans les allées toutes noires. Parce qu'elle veut m'éviter d'être malade.

Quand elle sera vieille, Cricri deviendra sûrement médecin. Ou pilote d'ambulance!

CHAPITRE 7
À table !

Je me sens mieux. Au chaud dans mon gigantesque chandail à capuchon.

Cricri est partie faire les emplettes. En l'attendant, j'installe la nappe à motif de marguerites. Tout près de l'automobile grise, grand prix du tirage du magasin des merveilles.

— Ici, on ne va pas manquer de place pour notre pique-nique, se réjouit Cricri qui

arrive avec son panier.

– J'ai trouvé de la vaisselle dorée. Après le repas, on pourra la laver dans le bassin. Ensemble, nous sortons les provisions du panier. Mioummm... Seulement des bonnes choses.

Nous mettons sur la nappe les jus de fraise, de melon d'eau, de kiwi. Dans les assiettes, nous disposons les croustilles et les bretzels. Les chocolats aux cerises, aux amandes, au riz soufflé, au caramel et aux petites bulles.

Le ventre de Cricri gargouille. Et le mien encore plus fort.

– Attention, Cricri. Tu marches sur la manche de mon chandail.

– Non, ce n'est pas moi. J'ai les deux pieds sur la nappe.

– C'est QUI alors? crions-nous en même temps.

Je tourne la tête lentement. Et je vois...

– Une chèvre!

D'un air absorbé, le bébé chèvre mâchouille le bout de

, ma manche.

– Le mouton! lance Cricri. Il écrase les bretzels!

Sur le coin de la nappe, une poule vient de s'asseoir. Veut-elle pondre un œuf?

À la queu leu leu, arrive la famille de canards. La maman cane en premier et les huit canetons derrière.

– Mais comment ont-ils réussi à sortir? me demande Cricri qui caresse un poussin.

Je hausse les épaules.

– On a dû oublier de fermer la porte de la petite ferme.

– Tant mieux! Plus il y a d'invités, plus on s'amuse.

– Entends-tu, Cricri?

– Quoi?

– Un drôle de grognement. Ça vient de l'intérieur de l'automobile.

Ma sœur tend l'oreille.

– Je connais ce bruit-là... C'est mon mignon cochonnet! Pauvre petit cochon. Il s'est enfermé dans la grosse auto grise, se désole Cricri en ouvrant la portière. Sors, mon beau gentil,...

Cricri et moi, nous restons sans voix. Les yeux ronds comme des pleines lunes.

Sur le siège arrière, papa et maman dorment. Ils ronflent. Avec leurs chapeaux pointus aux tulipes fanées. Parmi les ballons bleus et rouge cerise. Une flûte de fête aux coins des lèvres.

– Ah! C'est là qu'ils étaient cachés! chuchote Cricri.

Je pousse le plus long des longs soupirs. Je suis soulagée. J'ai retrouvé papa et maman. Maintenant, je vais pouvoir m'amuser... Pour de bon!

Sans bruit, je referme la portière.

– On ne va pas les réveiller. Avec un peu de chance, ma Cricri, ils vont dormir jusqu'à demain matin. Tu imagines, nous serons les premières arrivées au magasin.

Nous, les grandes gagnantes du jeu vidéo!

Coquine, ma sœur me tape dans la main:

– Les premières aussi à demander notre cadeau-surprise, hein, Lili?

– Oui, Cricri! Depuis le temps qu'on l'attend, celui-là.

Le cœur léger, je prends la main de Cricri. Nous courons retrouver nos invités. Heureusement, les gentils animaux nous ont attendues pour manger.

COLLECTION CARROUSEL

MINI ET PETITS

COLLECTION
CARROUSEL

Achevé d'imprimer
en février 1997
sur les Presses de
Payette & Simms
Inc. à Saint-Lambert
(Québec)